스웨덴 관광청의 피에르 톨치니 씨,
파리 주재 스웨덴 학사원의 마리아 리렐버그 르무안 부인,
스톡홀름 시립 미술관의 안 샤를로트 바크룬트 부인의 협조에 진심으로 감사드립니다.

글 이사벨 펠레그리니

프랑스 남부 도시, 니스에서 태어났어요. 어릴 때부터 책을 좋아했고,
문학과 미술을 공부해 미술관 관리 전문가가 되었어요. 어린이를 위한 재미있는 글도 써요.
지은 책으로는 〈재미있는 시장 이야기〉, 〈호기심 많은 꼬맹이들을 위한 실험〉이 있어요.

그림 샤를린 피카르

프랑스 알프스 산자락의 예쁜 도시, 안시에서 태어났어요. 리옹 에밀 콜 학교에서 미술 공부를 한 뒤,
비디오 게임 회사에서 그래픽 디자이너이자 삽화가로 일하다가 지금은 어린이 책에 그림을 그리고 있어요.
그린 책으로는 〈황금알을 낳는 암탉〉, 〈하늘은 어떻게 커졌을까?〉, 〈공주와 일곱 늑대〉, 〈재미있는 시장 이야기〉가 있어요

옮긴이 이정주

서울여자대학교와 같은 학교 대학원에서 불어불문학을 공부했어요. 지금은 방송과 출판 분야에서
전문 번역인으로 활동하며 우리나라 어린이와 청소년에게 재미와 감동을 주는 프랑스 책을 직접 찾기도 해요.
옮긴 책으로는 〈천하무적 빅토르〉, 〈넌 빠져!〉, 〈아빠의 인생 사용법〉, 〈강아지 똥 밟은 날〉,
〈혼자 탈 수 있어요〉, 〈심술쟁이 내 동생 싸게 팔아요〉가 있어요.

헬로 프렌즈

에바와 함께하는 스톡홀름 이야기

글 이사벨 펠레그리니 ┃ **그림** 샤를린 피카르 ┃ **옮긴이** 이정주
펴낸이 김희수 **펴낸곳** 도서출판 별똥별 **주소** 경기도 화성시 병점1로 218 씨네샤르망 B동 3층
고객 센터 080-201-7887(수신자부담) 031-221-7887 **홈페이지** www.beulddong.com **출판등록** 2009년 2월 4일 제465-2009-00005호
편집·디자인 꼬까신 **마케팅** 백나리, 김정희 **이미지 제공** 셔터스톡

ISBN 978-89-6383-689-8, 978-89-6383-682-9(세트). 3판 All rights reserved. Copyright ⓒ2011 by beulddongbeul

Eva de Stockholm by Isabelle Pellegrini
Copyright ⓒ 2010 by ABC MELODY Editions All rights reserved throughout the world
Korean Translation Copyright ⓒ 2011 by Beulddongbeul, Korea
This Korean edition was published by arrangement with ABC MELODY Editions, France through Milkwood Agency, Korea

1. 띄어쓰기는 국립국어원에서 펴낸 〈표준국어대사전〉을 기준으로 삼았습니다.
2. 외국 인명, 지명은 국립국어원의 〈외래어 표기 용례집〉을 따랐습니다. 단 저자의 의견에 따라 현지 발음에 가깝게 표기한 것도 있습니다.

에바와 함께하는 스톡홀름 이야기

이사벨 펠레그리니 글 | 샤를린 피카르 그림

헤이, 내 이름은 에바야.
난 스톡홀름에 살아.
나랑 같이 우리 가족과 친구들을
만나러 갈래?

별똥별

"안녕, 난 에바야. 일곱 살이지. 스웨덴의 수도 스톡홀름에 온 걸 환영해!"
스톡홀름은 어딜 가든 자연을 쉽게 볼 수 있어요.
스톡홀름은 발트 해와 마라렌 호수가 만나는 곳에 있는 도시로
여러 개의 섬으로 이루어져 있어요.
그리고 노벨상* 수상식이 열리는 곳이기도 하지요.

*노벨상 : 1896년 스웨덴의 발명가 노벨의 유언에 따라 만들어진 상으로 물리학, 화학,
 생리학 및 의학, 문학, 평화, 경제학으로 나누어 상을 줘요.

스톡홀름은 여러 가지 방법으로 구경할 수 있어요.
천천히 걷거나, 자전거 혹은 버스나 자동차로,
아니면 배를 타고 물 위에서 구경할 수도 있지요.
숲으로 여행하고 싶다면 지하철을 탈 수도 있어요.

7

스톡홀름 사람들이 자연과 얼마나 가깝게 지내는지 보려면
배를 타고 섬들을 돌아보면 알 수 있지요.

14개의 큰 섬을 잇는 57개의 다리 밑도 지나가 보고,
2만 개가 넘는 작은 섬도 둘러볼 수 있어요.
"에바, 스톡홀름이 세계에서도 손꼽히는 아름다운 도시라는 거 알고 있니?"
"그럼, 물도 이렇게 깨끗하고 말이야."

에바가 친구 안나랑 시내 한쪽에 있는 해수욕장에 놀러 갔어요.
"안나, 지난주에 감라스탄에 가서 찍은 사진이야.
건물 사이사이 좁은 골목길을 걸었더니 탐정이 된 것 같더라."
"우아, 그랬구나. 재미있었겠다."
감라스탄은 스톡홀름의 중심지로 오래된 건물들이
빽빽이 들어서 있는 구시가지예요.

멀리 보이는 높은 탑은 시청사 탑이에요.
그 위에 올라가면 섬들을 내려다볼 수 있지요.
섬과 섬 사이의 좁은 바다에서
여유롭게 요트를 즐기는 사람들도 보여요.

여기는 유고르덴 섬에 있는
스칸센 야외 민속 박물관*이에요.
스웨덴 사람들이 옛날에 어떻게 살았는지 볼 수 있는 곳이지요.
긴 관을 입으로 불어서 유리를 만드는 장인도 있네요.
"엄마, 옛날 빵집에 가서 빵이랑 과자랑 사 주세요."

*스칸센 야외 민속 박물관 : 1891년에 문을 연 세계 최초의 야외 민속 박물관이에요.

13

에바는 엄마, 아빠, 동생이랑 소데르맘 섬에 살아요.
예전에는 노동자들이 모여 살던 오래된 마을이었는데 요즘은 예술가들이 많이 오죠.
이웃끼리 함께 가꾸는 작은 정원도 곳곳에서 볼 수 있어요.
겨울이 되면 이웃이나 친척들이 모여 촛불을 켜고 이야기를 나누지요.
스웨덴의 겨울은 낮이 짧고 밤이 길어서 함께 시간을 보내는 거래요.

에바 아빠는 친환경 집을 짓는
작은 회사를 시작하려고 준비하고 있어요.
아빠는 에바와 동생에게 아침을 차려 주고 학교에 데려다 줘요.
집에 올 때도 데리러 오죠.
"얘들아, 오늘은 카페에 들러서 간식을 먹고 집에 가자꾸나."
예쁜 카페의 주인은 에바 엄마인데, 스웨덴 말로 '피카'라고 하는
커피를 즐기는 시간에 친구들과 이야기를 하고 있는 거예요.

말괄량이 소녀 삐삐 이야기를 들어 본 적이 있나요?
삐삐는 말을 번쩍번쩍 들어 올리는 힘센 소녀예요.
에바네 선생님이 〈삐삐 롱 스타킹〉*을 읽어 주고 있는데
아이들이 최고로 좋아하는 수업 시간이래요.

*〈삐삐 롱 스타킹〉: 아픈 딸을 위해 린드그렌이 쓴 소설이에요.
 주인공 삐삐와 친구들이 겪는 재미있는 모험담이지요.

18

apple

19

스웨덴의 학교는 교실을 벗어나 밖에서도 활동을 많이 해요.
오후에 축구를 하거나 다른 운동을 즐기는 친구도 있지만
에바는 자연 학습을 더 좋아해요.
숲에서 길을 잃었을 때 길을 찾는 법, 나무, 식물, 동물을 구별하는 법을 배우지요.
"안나! 열매와 버섯을 따서 친구들에게 보여 주자."

21

스웨덴에서 12월 13일은 성루시아데이*예요.
이날 소녀들은 하얀 드레스를 입는데 루시아 역을 맡으면 촛불 왕관을 써요.
부모님들도 학교에 와서 작은 빵과 향료가 든 과자를 먹고 계피를 넣고 끓인
포도주인 글뢰그를 마시며 이탈리아 민요, 〈산타 루치아〉를 합창하지요.

*성루시아데이 : 성인 루시아를 기념하는 날로 이 무렵 밤이 가장 길어져요.

"누나, 나도 이젠 스케이트 잘 타지?"
"응, 조금 이따가 스키도 타러 가자."
에바 아빠가 꽁꽁 언 호수에 구멍을 내서 물고기 잡는 법도 가르쳐 주지요.
봄이 되어 눈이 녹으면 아이들이 모두 나와서 집 주위의 쓰레기를 치우고,
빈 병과 캔이 나오면 모아서 돈으로 바꾸는데 이게 아이들의 용돈이에요.

에바네 가족은 주말이 되면 섬에 있는 스투가에 놀러 가요.
스투가는 수도도 전기도 없고 크기도 아주 작은 오두막집이지요.
아빠는 장작을 패고, 에바는 엄마랑 동생이랑 숲을 산책하네요.
"누나, 저기 큰 사슴이랑 여우가 있어."
"응, 북유럽 신화에 나오는 요정도 숨어 있을 거 같아."
"호호, 애들아, 우리 요정을 찾아볼까?"

에바의 생일은 부활절 방학 때예요.
"에바, 생일 축하해. 이리 와서 공주 케이크*의 촛불을 끄렴."
아빠는 자작나무에 부활절 깃털을 달고, 에바는 엄마가 만들어 준
부활절 마녀 옷을 입고 친구들이랑 부활절 사탕을 얻으러 돌아다니지요.

*공주 케이크 : 스웨덴의 전통적인 그린 케이크로, 예전에 공주들을 위해 특별히 만들어져서
공주 케이크라고 불리게 되었대요.

스웨덴은 여름이 되면 낮이 길어져요. 에바는 이때가 가장 행복하답니다.
오늘은 일 년 중에서 낮이 가장 긴 날인 하지여서 축제가 벌어졌어요.
풀밭에 세운 장대 주위에서 춤추고 노래하면서 축제 음식을 나누어 먹지요.
소금에 절인 청어, 햇감자, 고기만두와 월귤 잼*을 먹고
디저트로 딸기를 먹는데 정말 맛있어요.
신기한 것은 밤이 되어도 해가 지지 않는다는 거예요.

*월귤 잼 : 월귤로 만든 잼인데 스웨덴에서는 여러 음식에 소스로 뿌려 먹어요.
  월귤은 달걀 모양이고 신맛이 나는 열매예요.

31

"친구야, 스톡홀름에 놀러 와.
크고 작은 섬들을 둘러보면 정말 재미있을 거야.
기다릴게, 헤이 도(안녕)!"

33

스톡홀름의 멋진 볼거리

스톡홀름 시청

스톡홀름의 상징적인 건물이에요. 스톡홀름 시청에서 매년 12월 노벨상 시상식 축하 파티가 열려요. 106미터의 탑에 오르면 스톡홀름 시가지를 한눈에 볼 수 있어요.

세르겔 광장

스톡홀름 시내 중심에 있는 광장으로 주요한 행사가 열려요. 광장 가운데는 37미터 높이의 오벨리스크가 세워져 있어요.

📍 드로트닝홀름 궁전

오늘날 스웨덴 왕가가 살고 있는 궁전이에요.
궁전과 극장, 중국식 정자와 정원이 있어요.
유네스코에서 지정한 세계 문화유산이에요.

📍 주니바켄

스톡홀름에 있는 어린이 박물관이에요. 〈삐삐 롱
스타킹〉의 주인공 말괄량이 삐삐의 집이 있으며,
삐삐에 관한 것들을 전시하고 있어요. 다른 동화의
주인공들도 전시하고 있으며 어린이 극장과 동화책
광장 등도 있어요.

스웨덴의
멋진 볼거리

예테보리 국립 과학관

북유럽 최대의 과학 센터예요.
자연과 과학과 관련된 다양한 체험을 할 수 있는 실내 테마파크예요.

스칸센 야외 민속 박물관

1891년에 문을 연 세계 최초의 야외 민속 박물관이자
동물원이에요. 자연 환경에서 전통복장으로
전통 가옥에서 동물을 키우고 농장을 가꾸면서
실제로 생활하는 모습을 보여 주어요.

노벨 박물관

노벨상을 만든 노벨은 스웨덴 사람이에요.
다이너마이트를 발명하여 큰돈을 번 노벨은
사람들이 잘 사는 데 힘쓴 사람들과 함께
나누기 위해 노벨 재단을 만들었어요.
그리고 매년 노벨상을 주기 시작했지요.
노벨 박물관은 2001년 노벨상 시상
100주년을 기념하여
스톡홀름에 문을 연 박물관이에요.

아비스코 국립 공원

키루나에 있는 국립 공원이에요. 키루나는 스웨덴에서 햇볕이 가장 강한
곳에 속해요. 여름에는 등산을 즐기고 겨울이면 스키나 보드 등
겨울 운동을 하기에 좋은 곳이에요.

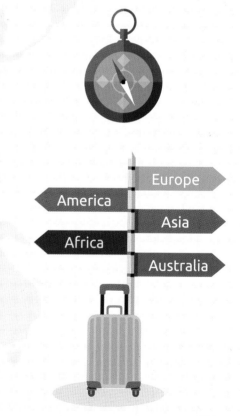

스웨덴의 국기

파란 바탕에 노랑 십자가가 그려져 있지요?
예전에 스웨덴 왕국의 왕이 전쟁에
나가기 전에 파란 하늘에서 금빛 십자가를
봤다는 이야기가 담겨 있어요.

정식 명칭 스웨덴 왕국

위치 노르웨이와 함께 스칸디나비아
반도에 위치해 있는 북유럽 국가

면적 약 45만㎢ (한반도의 약 2배)

수도 스톡홀름

인구 약 1067만 명 (2024년 기준)

언어 스웨덴어

나라꽃 은방울꽃

• 키루나